LES RÉPUBLICAINS

EN PRISON.

LES

RÉPUBLICAINS

EN PRISON,

Poème

Par Mr Le Payen de Flacourt.

PARIS,

IMPRIMERIE-LIBR. DE DONDEY-DUPRÉ PÈRE ET FILS,

RUE SAINT-LOUIS, N° 46,

ET RUE RICHELIEU, N° 47 *bis*.

1832.

AVANT-PROPOS.

Les discussions qui ont lieu journellement, relativement aux intérêts nationaux, finissent par exalter les imaginations ardentes, au point qu'à la force morale succède un jour la force matérielle des coups de fusil, dont l'éloquence était inconnue à l'auteur des Philippiques. On paraît dans la lice, et bientôt l'arène est ensanglantée ; le triomphateur monte au Capitole et va rendre grâce aux Dieux, au milieu des félicitations de la multitude, dont une partie, oisive pendant le combat, feint d'y avoir pris part et finit même par se croire victorieuse. Chacun veut obtenir les emplois, les dignités et les honneurs dus au courage. Pour le parti vaincu, il n'y a au contraire que tristesse et découragement. Tel devait être un héros qui n'est aux yeux du vainqueur qu'un lâche indigne de pitié. Un autre aspirait au rang de ministre ou d'ambassadeur, et il se voit forcé de vivre dans une humble retraite, trop heureux si l'on ne vient pas troubler son isolement pour l'initier à un complot et pour lui faire jouer le rôle obscur et dangéreux de conspirateur.

Il y a dans ces luttes politiques des gens toujours disposés à en profiter, après les avoir préparées, à l'aide de l'intrigue; ce sont les hommes *adroits* et *heureux* sous tous les régimes; ils ne sont pas convaincus de l'utilité de la révolution, dont ils ont confié le soin à des hommes de tête et de résolution; mais un changement, quelque désastreux qu'il puisse devenir pour le pays, leur donnera dans le monde une position plus élevée, et ils s'occuperont sans relâche d'en assurer le succès; ces ambitieux, en troublant l'ordre établi par les lois, sont plus coupables et méritent moins de compassion que ces jeunes novateurs, enthousiastes de liberté universelle et sans limites. Ceux-ci, avec cette franchise étrangère à l'ambition, se sont dévoués à la cause républicaine, intimement persuadés que cette forme de gouvernement conviendrait le plus à la France. La conscience et la conviction ont agi sur ces ames ardentes; toujours préoccupés d'idées qu'ils croient utiles au bonheur de l'humanité, ces fervens néophytes s'élancent vivement et sans réflexion dans la mêlée; leur impatience, si long-tems comprimée, éclate en démonstrations hostiles, et le vainqueur va punir.....

Aux yeux des partisans exclusifs de la démocratie, le monarque est toujours un tyran, malgré tout ce qu'il entreprend pour le bien de ceux qu'il est appelé à gouverner. Dans cet ouvrage, le républicain, victime des derniers événemens, exprime la haine que lui inspirent les institutions monarchiques, et qui est entretenue jusqu'à la catastrophe, par des espérances et par de brillantes illusions; ses yeux éblouis n'ont pas encore sondé l'abîme des révolutions; ils y verraient des gens avides d'une popularité éphémère tomber dans le néant d'où ils sont sortis; l'envie déchirer ceux qui s'élèvent; les ambitions déçues entretenir une fermentation continuelle, mère du désordre d'où naissent les malheurs du peuple. Ce dernier, tour-à-tour instrument et jouet des factions, est toujours disposé à renverser l'idole de la veille pour en ériger une autre dont il bâtit le piédestal sur un sable aussi mobile que son imagination. Cependant c'est de la stabilité des gouvernemens que dépend le bonheur des nations; mais le peuple est parmi les souverains celui qui a le plus de courtisans et de flatteurs qui le mènent à sa perte, parce que ceux qui aspirent à les remplacer lui font toujours espérer un avenir plus heureux. Pénélope seule pouvait refaire ce qu'elle avait détruit la veille.

Parmi les acteurs qui paraissent tour-à-tour sur le dangereux théâtre des séditions, on voit toujours figurer des monstres que la cupidité et la férocité de leur caractère portent à se livrer aux plus affreux excès ; ces hommes assez malheureux pour avoir été criminels, doivent attendre leur sort de la justice impartiale des hommes; ils sont en dehors du cercle où ont lieu les débats politiques; ceux qui n'ont reçu d'autre impulsion que celle donnée par l'esprit de parti, doivent-ils recevoir le châtiment sévère et ignominieux réservé au vol et à l'homicide? l'infamie qui suit l'échafaud doit-elle souiller le champ de bataille des opinions dans les provinces de l'Ouest et dans la capitale de la France? ces arbustes renversés sur le sol qui les a vu naître ne pourront plus servir d'appui au vieillard; que de mères éplorées accuseront la législation d'une trop grande sévérité! ne pourrait-on la modifier en appliquant à ces hommes plongés dans un funeste égarement la peine de l'exil? c'est alors que la rétroactivité trouverait des défenseurs parmi ceux qui en feraient la base d'une loi nouvelle. La loi de la déportation, remplacée par une longue captivité, est, à ce qu'il me semble, plus affligeante pour le coupable que celle du bannissement, dont la durée serait proportionnée à la gravité des délits politiques. Elevé dans les camps, je ne me suis point livré à l'étude des lois; mais je suis persuadé que les souffrances éprouvées dans une prison obscure et dans laquelle on se trouve tôt ou tard mêlé à de vils criminels, sont plus difficiles à supporter que celles de l'homme éloigné de sa patrie; sur un sol étranger du moins il respire un air pur; il peut assister chaque jour au lever de ce soleil auteur des joies du monde, et que Rousseau, sur son lit de mort, voulut contempler encore une dernière fois. Dans quelques années, quand l'orage sera apaisé et le vaisseau de l'Etat en sûreté dans le port, la patrie pourra rappeler près d'elle ses malheureux fils dont les longues douleurs auront expié les fautes et altéré les traits, sans pourtant avoir affaibli leur amour pour la France. Ils viendront des contrées lointaines verser sur son sein les larmes du repentir : une mère a toujours mêlé des larmes à celles de ses enfans. L'immortel auteur des *Martyrs* croit à la foi sincère des chrétiens mourant pour leurs croyances, au milieu des tortures, sur un gril ardent : je crois de même à la conviction entière de ceux qui exposent aux chances d'un combat leur fortune, leur avenir et leur existence pour la cause qu'ils ont embrassée. On m'objectera que cette conviction n'établit point l'innocence devant les tribunaux; j'en conviens: mais cette foi politique des deux opinions opposées au gouvernement a du moins quelque chose de grand et de généreux qui invite à la clémence en faveur surtout de la jeunesse et de l'inexpérience.

Si ma faible voix peut être entendue des législateurs, des juges et du prince à qui les lois ont confié la mission plus qu'humaine de dire à la mort: *Tu n'iras pas plus loin;* si elle peut conserver l'existence de plusieurs infortunés, j'aurai cette satisfaction intérieure que fait toujours naître l'accomplissement d'un devoir : c'est surtout quand il s'agit de la vie des hommes que la philosophie doit s'élever jusqu'aux régions inaccessibles à l'esprit de parti.

LES RÉPUBLICAINS

EN PRISON,

Dialogue.

TIMOTHÉE ET AGIS.

(Ils sont enfermés à la Conciergerie, après les événemens des 5 et 6 juin.)

TIMOTHÉE.

Agis, éveille-toi ; captif en ce lieu sombre,
Des coups du glas funèbre as-tu compté le nombre ?
Entends ces cris mêlés à nos gémissemens !
De nos républicains roulant les ossemens,

2

Un char sinistre est là, mouvante sépulture,
Qui fait de ses cahots vibrer la voûte obscure.
De ces héros, hier, l'espoir guidait les pas;
Hier, brillans de gloire!... Aujourd'hui le trépas!...
La Parque, au champ du deuil, dès ce soir les convie;
Pour eux ce champ d'honneur... pour nous, hélas, la vie!
L'échafaud et la honte!...

AGIS.

Ah! cent fois c'est mourir!
Mais de ces noirs cachots les portes vont s'ouvrir;
Ami, rassure-toi!... De notre délivrance,
En songe, cette nuit, j'ai conçu l'espérance.
Nos amis reviendront venger d'illustres morts!
Nous, de nos fers brisés secondant leurs efforts,
Que ces murs soient ouverts!... et la liberté sainte
Va des rayons de l'aube éclairer cette enceinte.
Quoi! de la triple clef et des pesans verroux
Le triste tintement retentit jusqu'à nous!
Sur ses gonds en glissant la porte frémissante!...
On ouvre!... espère!... on pleure!... une femme est tremblante!
Ma mère!... ô désespoir!

SYLVIE.

En quels lieux je te vois !
Je t'ai cherché, mon fils, aux funèbres convois,
Et vers les murs témoins de ce combat terrible...
Aux remparts élevés par ce peuple invincible
Mon sein parant les coups, je t'aurais, sans effroi,
Donné deux fois la vie, en la perdant pour toi.
Ah ! si tu connaissais cette douleur amère
Qui, loin de ses enfans, fait gémir une mère,
Tu ne me fuirais pas... En ce jour de terreur,
Des lois de mort, mon fils, envisageant l'horreur,
Tu n'aurais pas bravé ces dangers ni mes larmes !
Que vas-tu devenir ?

AGIS.

J'entends le bruit des armes !
Volons, cher Timothée, à des combats nouveaux !
L'indépendance appelle à d'immortels travaux
Tous nos guerriers, vengeurs de leur gloire offensée,
Et du peuple, au Forum, la voix et la pensée.
O peuple ! avec orgueil j'ai vu briser tes fers !
Plus grand que tous les rois !... géant de l'univers !

Français, du haut des monts, aux plaines d'Ausonie,
Descends avec la foudre!... Et toi, puissant génie,
Liberté, dans ton vol, fends les champs de l'éther!
Aux lieux où triompha l'oiseau de Jupiter
Fais flotter, du Gaulois couronné de verveine,
Le vieux drapeau conquis aux rives de la Seine!
Héritier des vainqueurs du Nord et du Midi,
Guerrier, voici les murs d'Arcole et de Lodi!
Plus loin, des laboureurs entends les mandolines [1]
Marier nos chansons à l'écho des collines;
Écoutons ces bergers mêlant, près d'un tombeau [2],
Le nom de Mélibée aux sons du chalumeau.
A leur humble foyer vois-tu ce cimeterre?
Un soldat le perdit en conquérant la terre.
Ici, des guerriers morts on inhuma les os :
Arrête! à chaque pas ton pied foule un héros [3]!...
Des mers à l'Apennin s'étend ce champ de gloire,
Où tout lieu porte encor le nom d'une victoire.

[1] Les laboureurs et les bergers italiens ont toujours avec eux, dans les champs, ces petites guitares pour s'égayer dans les momens de repos.

[2] Le tombeau antique de Virgile est près de Naples. Le général français Miolis en a fait ériger un autre à Mantoue, patrie de ce grand poète.

[3] *Sta, viator, heroem calcas!*

O toi, qui présidais aux concerts de Tibur,
Muse, du haut des cieux brillans d'or et d'azur,
Laisse couler vers nous ces torrens d'harmonie,
De leurs flots enflammés inondant le génie.
O muse, en chœur ici chantons ces doux climats,
Le peuple et ses tribuns, les arts et les combats;
Ce Curtius mourant pour sauver la patrie,
Caton qui sous le joug ne la vit point flétrie[1].
Sous nos vieux étendards que le Tibre a connus,
Ne cherchez plus, Romains, les soldats de Brennus[2];
Et contemplez en paix, aux murs du Capitole,
De votre liberté la brillante auréole;
A ses rayons de feu rallumez le flambeau
Qui de la république éclaira le berceau.
Salut cité de Mars, salut vainqueurs du monde!
Arbitre des saisons, rends à jamais féconde
La terre où l'homme est libre... Et vous tous, pour vos droits,
Armez-vous, accourez, vassaux de tant de rois!
Des soldats de Varus, antique Germanie[3],
Prends les ossemens, cours frapper la tyrannie!

[1] Caton se donna la mort, pour ne pas survivre à la destruction de la liberté.

[2] Brennus, ancien général gaulois, prit Rome et la livra au pillage, l'an 387 avant Jésus-Christ.

[3] Varus commandait les légions romaines sous le règne d'Auguste, dans la

Le Sarmate immortel t'offrira ses enfans[1]
Aujourd'hui désarmés et demain triomphans?
Tel ce lion captif qui sous les fers sommeille,
Quand sa chaîne est brisée, aussitôt il s'éveille;
Il se dresse, il rugit... de même, avec fierté,
Un grand peuple se lève, et de la liberté
Pour les mortels égaux veut l'appui tutélaire.

SYLVIE.

A cette égalité, déité populaire,
On offre un encens pur chez les cœurs vertueux;
Mais à l'ambition des temples fastueux
Sont érigés bientôt par l'intrigue et le crime,
Qui, sur l'autel brisé, poursuivant leur victime,
Frappent la liberté du faisceau des licteurs;
Ou sur la mer de sang, hardis navigateurs,
Du choc des passions font surgir la tempête,
Du gouvernail, pour eux, assurant la conquête.

Germanie. Les habitans de cette contrée égorgèrent tous les guerriers qui en faisaient partie.

[1] La Sarmatie était l'ancienne Pologne, sauf quelques changemens de territoire.

Aux lieux où les partis ensemble ont combattu,
La force est pour l'audace et non pour la vertu.
Sur le sanglant pavois qu'un factieux s'élève,
Sur sa tête un rival appesantit son glaive.
Robespierre et Sylla, criminels dictateurs,
Vous du fer des bourreaux sanglans usurpateurs,
Le deuil des citoyens n'a pu voiler l'histoire !
Votre immortalité suffit à leur mémoire.
Dans ce champ de la mort l'humanité frémit;
L'illusion s'envole, et la raison gémit.
De nos discords, mon fils, la triste expérience,
Pour toi du cœur humain deviendra la science.

UN GEOLIER.

Agis et Timothée au conseil attendus,
Des juges à l'instant doivent être entendus.

SYLVIE.

Tous deux je vous suivrai...

LE GEOLIER.

Restez ici, madame...

(Il sort avec les deux prisonniers.)

SYLVIE.

Et l'on redoute, hélas! la douleur d'une femme!
Mon fils!... pour te soustraire à cet arrêt fatal,
J'irai, tout éplorée, aux pieds du tribunal...
Quand cinq lustres à peine ont effleuré ta tête,
De ton heureux hymen quand j'apprêtais la fête,
Que de fleurs sur l'autel je parais les flambeaux,
Fallait-il donc aussi préparer nos tombeaux?
Oui, nos tombeaux, Agis! Sans toi, pourrai-je vivre?
Tes juges... au trépas il me verront te suivre.
Dans un monde nouveau j'irai te consoler
Des maux dont sur la terre on veut nous accabler.
De l'âge et de l'erreur accueillant la défense,
Le ciel est moins que l'homme irrité d'une offense;
Dieu même en holocauste à l'homme s'est offert,
Et c'est en pardonnant que son fils a souffert.
Pour les infortunés il créa l'espérance,
Voulant, jusqu'à la tombe, alléger la souffrance.
Quand celui qui des cieux fit jaillir la clarté,
Descend sous l'humble toit par le pauvre habité,
Quand ce Dieu d'un coupable adoucit la misère,
Un mortel plus que lui doit-il être sévère?

La vie appartient toute à la Divinité ;
A l'homme le trépas donne l'éternité ;
La nôtre est dans tes mains, grand Dieu, dont la puissance
Lit seule au fond des cœurs le crime et l'innocence !
Dans ce moment terrible où tout semble finir,
L'arbitre et l'accusé pour juge ont l'avenir ;
Tribunal impassible où s'épure l'histoire ;
Qui du juste opprimé venge enfin la mémoire.
Mais Agis ne vient pas !... O fils infortuné !
Au trépas, sans pitié, serais-tu condamné !...
Pour conserver ses jours, j'ai nourri son enfance ;
Ses caresses, mes soins, ma joie à sa naissance...
Doux souvenirs ! Ses pleurs, ses jeux dans son berceau.
Comme il m'aimait !... Demain... le plomb ou le couteau...
Arrêtez !... O mon Dieu, sois touché de mes larmes !
Un doux espoir pourtant vient calmer mes alarmes.
De la rigueur des lois pour arrêter le cours,
Le peuple a commandé qu'aux rois on eût recours ;
Le jeune âge a des droits à fléchir la justice,
Car de sombres complots l'erreur n'est point complice.
L'amour du bien séduit ces esprits pleins d'ardeur,
Où la foi politique est près de la candeur ;
Espérons !... Agis vient...

AGIS, à sa mère, en entrant.

Ah! c'en est fait, ma mère,
De ses habits de deuil va revêtir mon frère!...

(Sylvie s'évanouit.)

IMPRIMERIE DE DONDEY-DUPRÉ.

www.ingramcontent.com/pod-product-compliance
Ingram Content Group UK Ltd.
Pitfield, Milton Keynes, MK11 3LW, UK
UKHW012127240726
13965UKWH00005B/2016